Les fleurs parlent

꽃들의 말

장프랑수아 샤바 글, 요안나 콘세이요 그림
김지희 옮김

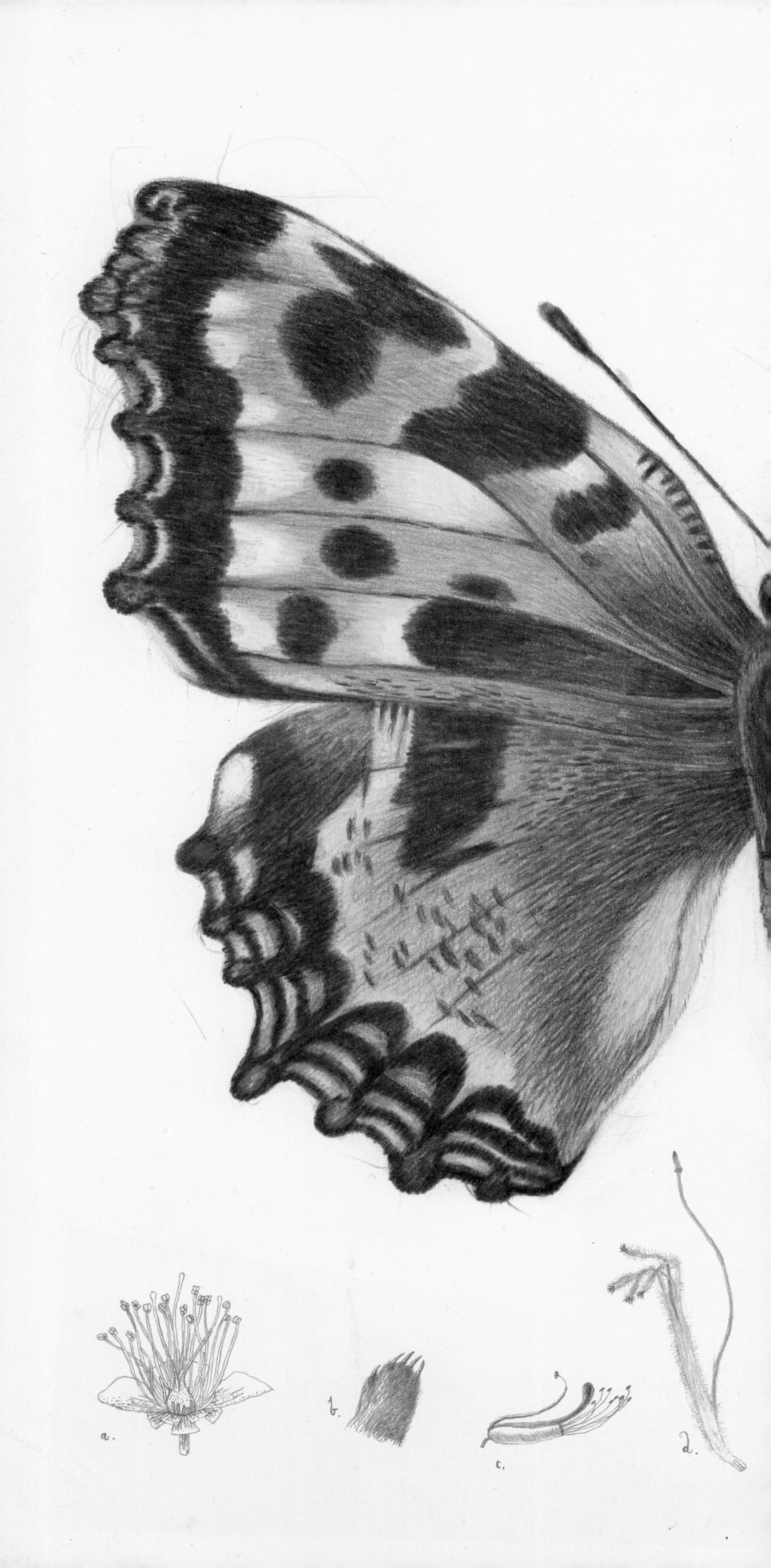
a.
b.
c.
d.

aglais polychloros
별갑나비

금잔화 패랭이꽃 디기탈리스 라세르피티움 유럽작약

갯보리

키모도케아 노도사

a.
b.
c.
d.

자줏빛 꽃

tulipa semper

셈페르 튤립

튤립, 오, 소리 없는 아름다움이여.

너의 심오한 가치는 어디에 숨어 있는가.

—

《꽃의 언어》, G. W. 게스만Gessmann, 1899

유럽 사람들은 한때 꽃으로 투기를 했다.[✽] 그 꽃은 바로 튤립이었다. 인간 심리란 본래 아주 기이하고 예측하기 힘든 법이어서, 어떤 튤립은 구근 하나만으로도 고급 저택과 그 안의 재보들을 살 수 있었다. 발빠른 원예가들은 새롭고 독창적인 튤립 품종을 만들어내는 데 성공했고, 그 꽃들 중 일부는 곳곳에서 새로운 이름을 가졌다. 오로지 이 아름다운 꽃들을 얻기 위해 절도, 사기, 암살이 일어났다. 그러다 에라스무스 반 흄이 모브라는 꽃을 탄생시키자, 소란은 잠시 잠잠해지는 듯했다. 누군가 몹시 경이롭고 가장 아름다운 튤립을 탄생시켰다는 소문이 퍼지기 시작한 것이다. 바깥세상의 햇빛을 향해 한 번도 꽃잎을 뻗어본 적 없는 그 꽃은 너무나 완벽한 나머지 가격조차 매길 수 없었다. 실제로 모브를 직접 본 몇 안 되는 전문가들은 그 꽃이 이루 헤아릴 수 없는 엄청난 가치를 가졌다고 입을 모았다.

모브는 귀족풍 드레스의 레이스 소맷자락 같은 꽃잎을 가진 패럿튤립[✽✽]이었다. 낭랑한 초록빛의 줄기는 길고 강건했다. 꽃의 빛깔은 매우 강렬하여 제 아무리 화려한 튤립이라도 그 옆에 놓이면 색이 바래 보였다. 직접 찾아가 모브를 면밀히 살펴보고 향기를 맡아본 식물학자들은 그 아름다운 모습에 젖어들었다. 그들 중 일부는 모브에 대한 상세한 기억을 간직하기 위해, 혹은 그 경이로움을 표현하기 위해 그림으로 남겨보려 애썼으나 헛수고였고, 각자 느낀 감정을 교환하는 일에도 어려움을 겪었다. 만일 마음속 깊이 느낀 감상을 서로 나눌 수 있었다면, 모브가 그들을 불편하게 만들었다는 데 모두 동의했을 것이다. 모브는 너무나 완벽하고 찬란해서 사람의 힘을 빌려서밖에는 태어나지 못했을 것이며, 꽃에 대한 감상으로는 적절치 않으나 그들에게 공포심마저 심어주었다. 그들은 모브에게 경제적 가치를 부여함으

✽ 17세기 네덜란드에서 벌어진 튤립 파동을 배경으로 한다. 네덜란드는 당시 유럽에서 1인당 국민소득이 가장 높았고, 이로 인해 부에 대한 과시욕이 상승한데다 오스만제국에서 수입된 지 얼마 안 된 튤립이 큰 인기를 끌면서 과열 투기가 발생했다. 이는 역사상 최초의 거품경제 현상으로 인정되고 있다.

✽✽ 백합과 튤립속의 여러해살이풀. 원예종으로 화판이 크고 꽃잎의 가장자리에 홈들이 파여 있다.

로써 그 두려움으로부터 벗어나고자 했으나 그마저 실패했다. 모브는 사람들이 감히 가치를 매길 수 있는 존재가 아니었다.

에라스무스 반 흄은 삶에서 단 한 가지에만 몰두하는 여느 광적인 창조자들처럼 모브의 가격이 얼마나 나갈지에 대해서는 전혀 신경 쓰지 않았다. 창조물의 초기 구상 단계에서도, 불과 며칠 전만 해도 믿을 수 없는 환상에 지나지 않았던 그 꽃이 마침내 탄생한 순간에도, 가격 따위는 생각조차 하지 못했다. 그는 성공의 기쁨에 흠뻑 젖어 꽃에게 말을 걸기도 했다. 하지만 그 꽃이 상당한 시기를 불러일으키리라는 것은 예상하지 못했다.

식물학자 동료들이 그를 방문한 지 사흘째 되던 날, 한밤중에 도둑이 들었다. 도둑들은 온실 문을 부수고 튤립 구근 다섯 상자를 훔쳐갔다. 도둑들의 예상과는 달리 모브는 침실에 있었다. 에라스무스가 모브를 곁에 둔 것은 이런 일을 대비해서가 아니라 단지 그토록 애지중지하는 자신의 창조물을 매일 밤 잠들기 전에 보고 싶어서였다. 도둑이 든 다음 날, 그는 세상의 잔혹함에 갓 눈을 뜬 어린아이처럼 모브를 계속 간직하기 위해서는 그것을 적극적으로 지켜야 한다는 것을 자각했다.

이 식물학자는 엄청난 가치를 가진 꽃을 소유하고 있었음에도 그다지 부유하지 않았기 때문에 상황은 다소 곤궁했다. 무장 경호원을 대거 고용할 능력도 없고, 그의 집은 너무 작아서 누군가에게 숙박을 제공할 형편도 되지 않았다. 그럼에도 그는 모브보다 가치가 떨어지는 꽃들을 팔아 무장 경호원을 고용했다. 하지만 첫날부터 만취한 채 문 앞에 쓰러져 있는 모습을 보고 그 자리에서 해고하고 말았다. 에라스무스는 흙을 하도 만져 시꺼멓게 물들고 심하게 갈라진 손으로 쓸 줄도 모르는 나팔총을 들고 섬뜩한 밤을 보내야만 했다. 그에게 두려운 거라고는 오로지 모브를 빼앗길지도 모른다는 사실뿐이었다. 그는 자신이 이곳에 계속 사는 한 또 습격을 받을 수도 있다는 불안감에 휩싸였다. 날이 밝고서야 어중간한 조치로는 마음을 놓을 수 없음을 깨달았다.

도둑들이 그의 온실을 부순 지 일주일도 채 안 되어 나이 지긋한 이 식물학자는 자신의 집을 포기하기로 했다. 꽃들을 돌보던 수년간의 소중한 평온함은 사라지고 담벼락을 지나는 사람들이 모두 잠재적 유괴범으로 보였다. 그는 집을 떠날 계획을 누구에게도 알리지 않았다. 며칠간 그가 보이지 않자 이웃 사람들은 걱정스러운 마음이 들기 시작했다. 어느 날 아침 그의 집에 찾아가 문을 두드려본 후에야 사람들은 그가 마을을 떠났음을 알게 되었다. 그가 수도로 가기 위해 짐수레꾼을 고용했다는 것도 함께 드러났다. 창문은 이미 부서졌고, 별채까지 다 샅샅이 파헤쳐져 있었다. 하지만 모브는 이미 그의 창조자와 함께 자취를 감춘 상태였다. 온갖 억측이 난무하는 가운데 에라스무스가 모브를 비싸게 팔기 위해 세력가들을 찾아 수도로 떠났다는 소문이 가장 지배적이었다. 사람들은 자신들의 맹목적인 탐욕에 사로잡혀, 그가 저물어가는 초라한 인생 끝에 얻은 성공이자 유일한 삶의 명분인 그 꽃을 그저 조용히 향유하며 살기 위해 떠났으리라고는 짐작하지 못했다.

마침내 도착한 수도에 식물학자가 아는 사람이라고는 그곳에서 가장 큰 운하가 내려다보이는 거대한 저택에 사는 동료뿐이었다. 에라스무스에게는 마치 한 세기가 지난 것 같은 열흘 전, 모브의 아름다움을 직접 확인하러 왔던 동료들 중 하나였다. 그는 매우 부유했다. 그의 튤립들은 비록 그 아름다움이나 독창성 면에서 모브와 전혀 상대가 되지 않았지만, 그는 꺾꽂이와 조작을 통해 상당히 뛰어난 표본들을 만들어냈고 흥정에도 능숙해 많은 돈을 벌었다. 키가 작달막하고 통통한 그는 에라스무스보다 젊었지만 이미 상당한 부와 권력을 가지고 있었다. 그의 이름은 요하네스 훌릭이었다.

훌릭은 동료를 반갑게 맞아주었다. 초췌한 모습으로 훌릭을 찾아온 나이 지긋한 에라스무스는 자신이 처한 상황을 털어놓았다. 훌릭은 강한 동료 의식과 애정 어린 배려로 에라스무스에게 원하는 한 얼마든지 그의 집에 머물러도 좋다고 했다. 에라스무스처럼 훌륭한 동료가 자신을 찾아준 것은 크나큰 영광이며, 함께하는 것 자체로 자신이 큰 빚을 지는 거라고 존경을 표했다. 최근의 사건들로 인류애를 상실했던 에라스무스 반 흄은 이토록 사리사욕 없는 존재가 있다는 사실에 비로소 원기를 되찾았다.

요하네스 훌릭의 집에 도착한 지 이틀 후, 한밤중에 잠에서 깬 에라스무스는 자신의 머리맡에서 훌릭이 한 손에 촛대를 든 채 협탁 위에 놓여 있는 모브를 향해 다른 손을 뻗고 있는 것을 목격했다. 노학자는 날카로운 비명을 지르며 벌떡 일어났다.

– 맙소사! 친구여, 지금 대체 뭘 하고 있는 건가요!

아아, 그는 질문을 끝마치기도 전에 이에 대한 답을 얻었다. 촛불 아래에서 훌릭의 커다란 눈 속에 이글거리는 불길한 탐욕을 본 것이다. 범행이 미수에 그친 탓에, 그 탐욕은 증오로 가득 찬 절망과 뒤섞였다. 요하네스 훌릭은 얼굴을 찌푸렸다. 그는 꽃을 향해 뻗었던 손을 거두며 나지막이 말했다.

– 날이 밝는 대로 제 집에서 나가주셔야 할 것 같습니다.

에라스무스 반 흄은 동이 틀 때까지 기다리지 않았다. 달이 중천에 걸려 있던 그때, 옷가지 몇 벌과 그토록 애지중지하는 모브만을 가슴에 움켜쥔 채 황급히 그곳을 빠져나왔다.

인간 본성에 대해서는 전혀 가르침을 줄 수 없는 꽃들과만 수십 년을 은둔하며 살다 보니, 식물학자는 군중 속에서 길을 잃고 말았다. 갑자기 수도가 무모한 강박에 쫓겨 몸을 던지러 올 법한 끔찍한 나락같이 느껴졌다. 에라스무스 반 흄의 가공할 만한 순진함은 순식간에 편집증적인 불신으로 바뀌었다. 요하네스 훌릭의 태도가 그에게 최후의 일격을 가한 셈이다.

그때부터 노인은 자신이 늑대들에 둘러싸인 외톨이 양처럼 느껴졌다. 자기도 모르는 사이 자신처럼 온순한 존재들을 마주친다 할지라도, 외투 안에 감추고 있는 보물의 존재가 드러나는 순간 늑대로 돌변해 그에게 달려들 것이 분명했다. 단 한 송이의 튤립이 가난한 한 가족에게 수년간 숙식을 보장할 수 있다니 정말 터무니없는 일이 아닌가.

그의 동료 일부와 마을 사람들 중 극소수를 제외하고는 아무도 모브를 만들어낸 이의 생김새를 알지 못했다. 그 시대에는 소문이 정보를 대신했다. 삶에서 외양은 전혀 중요하지 않았고 사람들이 유명인의 얼굴도 알지 못했다. 더구나 엄밀히 말하면 에라스무스는 유명인도 아니었다. 단순히 어떤 운 좋은 사람이 값을 매길 수 없을 만큼 귀한 꽃을 만들어냈다는 소문이 돌 뿐이었다. 사람들이 주목하는 것은 보배였지 그것을 만들어낸 사람이 아니었다. 그럼에도 공포에 질린 에라스무스 반 흄은 사람들이 그를 알아볼 거라 확신했고, 분주한 대도시 한복판에서 언제라도 누군가 뒤에서 공격해 올 수 있다는 두려움에 떨었다.

– 저리 비켜, 이 얼빠진 놈아!

비좁은 길 한가운데서 에라스무스 때문에 길이 막힌 한 짐꾼이 퉁명스럽게 소리쳤다.

– 하느님 맙소사! 자비를 베푸소서!

식물학자는 한탄했고, 짐꾼은 여기 병원에 보내야 할 사람이 있다고 투덜거리며 그의 곁을 지나갔다.

하루 종일 도시를 방황하면서 에라스무스 반 흄의 두려움은 점점 커져만 갔고, 그는 다시금 떠나기로 결심했다. 그가 정신없이 도주하는 광경은 행인들에게는 진정 광기로밖에 보이지 않았다. 도시인들은 그를 가엾은 광인이라고 생각했다. 도망치던 식물학자가 건물 입구에 몸을 숨겼는데, 지나가던 한 여자가 흐트러진 행색에 먼지로 뒤덮인 그를 부랑자로 착각하고 적선하려고 했다.

- 저리 가! 당신은 결코 가질 수 없어! 절대로! 내 눈에 흙이 들어가기 전에는 절대 안 된다고!

에라스무스가 날카롭게 소리쳤다. 그는 급하게 뒷걸음질 치다가 어린아이에게 부딪히고는 또 한 번 울부짖으며 달리기 시작했다. 도시에서 가장 멀리 있는 경계선을 지날 때까지 멈추지 않고 달렸다. 주위에는 풍차 몇 개가 간척지 위에서 느릿느릿 돌아가고 있었다. 이 고요함 덕에 에라스무스 반 흄은 조금이나마 정신을 차릴 수 있었다. 그는 비와 물보라에 깎여 반질반질해진 커다란 바위에 앉아 외투에서 모브를 꺼내어 살펴보았다. 모브가 태어난 후 최초로, 이제껏 모브에게서 보지 못했던 어떤 것을 보았다고 확신했다.

그가 느낀 것은 일종의 저주 같은 것이 아니었을까. 물론 인간은 자녀의 결함을 객관적으로 바라볼 때 혐오감을 느낄 수도 있다. 아마도 그것은 자녀가 자신을 닮은 존재이며, 그처럼 분신과도 같은 자녀의 결함을 인정하는 것은 바로 자기 자신의 결함을 인정하는 것이기 때문이리라.

침식된 바위 위에 앉아 있던 에라스무스는 모브가 진짜 아이가 아닌 식물일 뿐이라는 단순한 진실을 처음으로 깨달았다. 거리를 두고 모브를 새로이 바라보면서, 그는 자신이 그동안 외면해온 무언가를

감지하게 되었다. 튤립의 여왕인 모브가 음흉한 마음을 가졌고, 바로 그것이 모브가 다른 꽃들과 차별되는 점이라고 말이다. 노학자는 이를 반박해 보려고도 했으나 이내 사실만을 직관하기로 했다. 모브가 생겨난 그날부터 수없이 많은 고통에 시달려왔다. 그렇다. 이 꽃에는 악이 깃들어 있는 것이 분명했다.

이 모든 근심이 실은 모브를 동료들에게 보여준 후부터 시작된 것이고, 따라서 꽃이 불순한 의도를 가지고 있다는 그의 생각은 망상에 불과하다는 것을 전혀 인지하지 못했다. 잘못이란 오직 사람에게만 있을 뿐이다. 튤립이 탐욕스럽거나 초연한 경우가 어디 있겠는가.

많은 은둔자들처럼 식물학자도 미신을 강하게 믿게 되었다. 이는 다른 사람들과 어울리지 못하고 자신만의 논리를 만들어내는 사람들의 전유물이다. 노인은 견고한 지성의 소유자임에도, 꽃이 악의를 품고 있다고 확신했다. 신념이 확고해지자 에라스무스 반 흄은 모브를 없애버리기로 결심했다. 그토록 오랜 시간 애지중지해 왔지만, 이 해롭고도 잠재적인 암살자에게 더 이상 신경 쓸 이유가 없었다. 그는 바다에 가서 꽃을 버리려 했으나 막상 물가에 도착해 뿌연 파도를 내려다보니 튤립을 차마 물에 빠뜨릴 수가 없었다. 그는 자신의 나약함을 한탄하며 외투를 여미고 뭍으로 돌아섰다. 배고픔도, 추위도, 밤이 오는 것도 잊은 채 번민하다가 구덩이를 발견하고는 그 안에 들어가 약간의 밀짚을 덮은 채 잠을 청했다. 이튿날 에라스무스 반 흄은 수척하고 파리한 모습으로 비틀거리며 작은 숲속 한가운데에 있는 빈터에 도착했다. 그는 떨리는 손가락으로 그곳을 가리키며 나무들에게 말하는 양 중얼거렸다.

– 친구들이여, 바로 저깁니다!

그는 무릎을 꿇고 바로 작업에 착수했다. 적당한 햇빛이 드는 포근하고 비옥한 빈터 한가운데 모브를 심고 숲을 떠나며, 그 모습을 평생 기억할 수 있도록 마음속 깊이 새겼다. 그의 꽃은 가혹한 야생의 삶에서 살아남을 수도 있고, 아니면 동물에게 먹히거나 곰팡이로 뒤덮이거나 기생식물로 인해 질식해 버릴 수도 있을 것이다. 하지만 이제 사람의 손을 떠난 일이다. 에라스무스는 나무뿌리에 발부리를 부딪혔다. 서리… 혹독한 겨울에 냉해를 입을 우려도 있다. 아! 그러나 독한 기질을 가진 모브는 이 모든 위험으로부터 자신을 지켜낼 수도 있으리라.

– 이제 나와는 상관없는 일이야.

식물학자는 옆 나뭇가지에 앉아 있던 꾀꼬리를 날려 보내며 단언했다.

에라스무스 반 흄은 지칠 대로 지쳤지만 정신을 차리고 마을로 돌아와 망가진 그의 작은 집을 수리했다. 튤립 재배를 그만둔다고 선언했고, 그 말을 지켰다. 대신 터무니없는 투기의 영향을 받지 않고 신변의 위협 없이 기를 수 있는 장미를 연구하기 시작했다. 많은 사람들이 모브의 안부를 궁금해했다. 그때마다 노인은 모브가 산성토 때문에 구근이 너무 약해져 썩어버렸다고 말했다. 일부 마을 사람들은 사실 그가 모브를 팔아버렸고, 그로 인해 누린 호사에 대해 함구할 뿐이라고 생각했다. 이웃 모두 그가 본래 검소한 사람임을 알고 있었음에도, 노인이 여전히 초라한 생활을 계속하자 그가 모브를 판 돈을 받지 못한 거라고 결론지었다. 선한 이들은 그의 불운을 안타까워했고, 고약한 이들은 이를 즐거워했다. 그리고 에라스무스 반 흄은 이 엄청난 모험을 겪기 전의 평범하고 외로운 노인으로 다시 돌아왔다.

그로부터 한참 후, 한 젊은이가 그의 아름다운 연인을 위해 꽃을 꺾었다. 커플은 은밀히 입맞춤을 나눌 장소를 찾아 작은 숲을 거닐던 중이었다.

젊은 여인이 보드랍고 새하얀 손에 받아 든 꽃은 물론 모브였다. 튤립 거래소의 작위적인 유통 행태는 이미 사라진 지 오래였고, 모브는 그 엄청난 아름다움에도 여느 꽃들과 별반 다르지 않은 값어치를 갖게 되었다.

그럼에도 불구하고, 사랑에 빠진 연인은 모브를 받아 들고 마치 세상에서 가장 아름다운 보배를 얻은 듯 감동하고 행복해했다.

a. ursus arctus horribilis 회색곰
e. dianthus sylvestris 실베스트리스패랭이꽃

하얀 꽃

1
9

하얀 패랭이꽃은 진정한 우정의 상징이다.

죽음이 다가와 꽃잎이 다 떨어질 때까지

그 색이 변하지 않는다.

—

《꽃의 언어》, G. W. 게스만, 1899

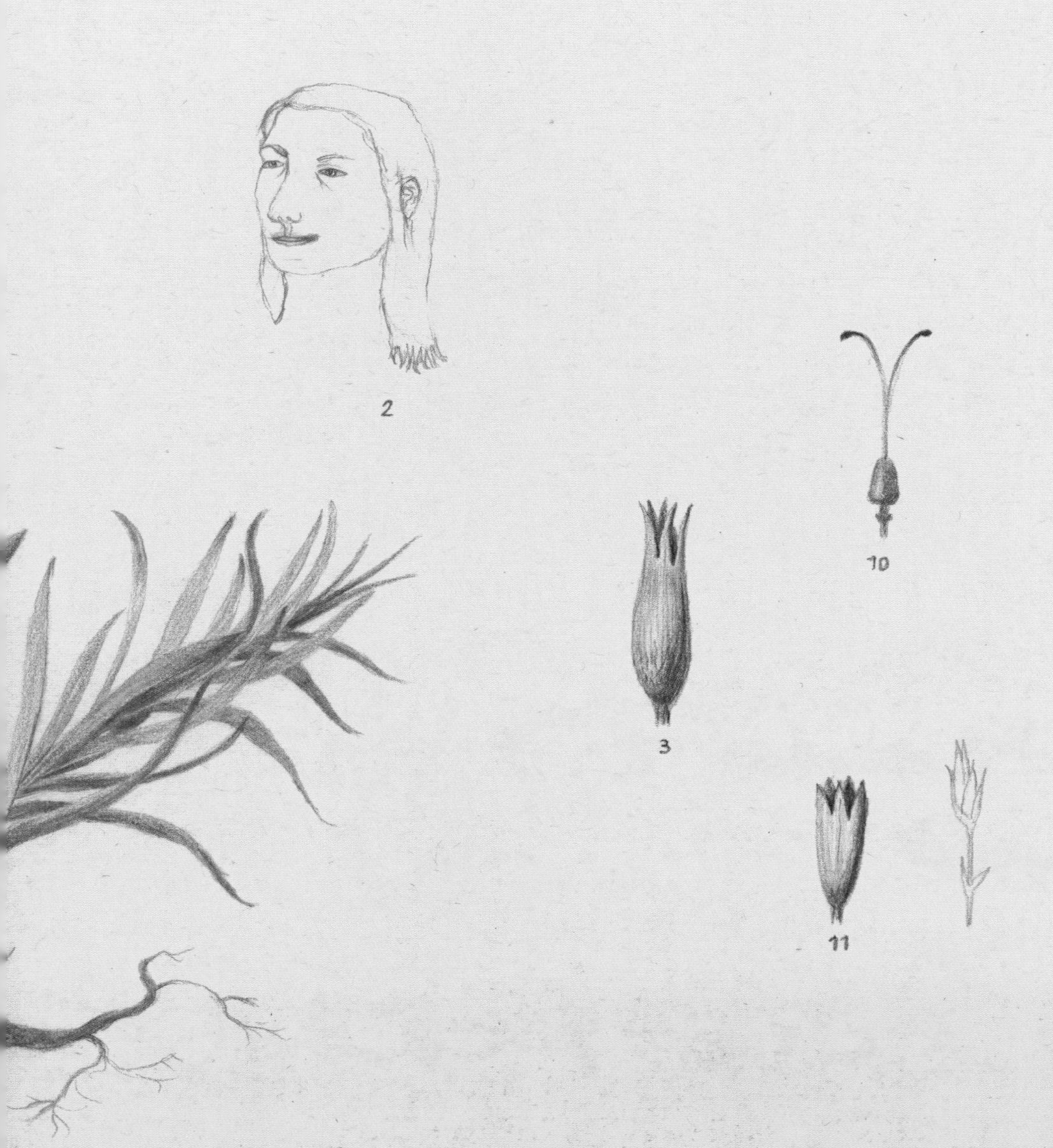

하늘의 별마저 꽁꽁 얼어붙은 듯 별빛이 신비롭게 반짝이던 어느 추운 겨울밤, 부족 한가운데서 두 아이가 태어났다.

아마로파코아크는 엄마 뱃속에서 머리부터 나왔다. 거대하고 붉고 포동포동한 아기였다. 새로운 자유의 공기를 맛보자마자 아기는 요란스럽게 울어댔고, 그 소리가 너무 힘차서 모두들 귀를 막고 싶어 할 정도였다.

다른 천막에서는 므누티크가 태어났다. 그는 하반신부터 나왔다. 엄마를 떠나고 싶지 않은 듯한 그를 엄마로부터 분리하는 것은 쉽지 않았다. 마침내 그를 받아낸 산파는 너무나 연약하고 자그마한 모습에 인상을 찌푸렸다. 그녀는 자신의 오랜 경험에 비추어 아기가 절대 살아남지 못할 것이라고 생각했다. 이런 불길한 예측을 공고히 하듯 그는 새끼 염소처럼 힘없고 떨리는 목소리로 울었다. 그의 엄마는 아기를 받아 들기 위해 두 팔을 뻗었다.

멀리서, 서로 얽힌 나뭇가지들이 바람에 서걱거리고 늑대들이 울부짖었다. 그 누구도 이것이 아마로파코아크와 므누티크에게 과연 좋은 징조인지 알 수 없었다. 늑대는 신비롭고도 불가사의한 동물이므로.

므누티크는 살아남긴 했으나 너무나 허약했다. 반면 아마로파코아크는 숨을 들이쉴 때마다 몸이 불어나기라도 하듯, 첫돌을 맞았을 때 이미 두 살은 훌쩍 넘는 아이처럼 보였다.

두 아이는 사냥을 하는 유목민 부족에서 태어났기 때문에, 엄마 등에 업힌 채 끊임없이 움직였다. 사람들은 사냥감을 쫓아다녔다. 들소는 물론 고라니, 꽃사슴 그리고 붉은사슴도 쫓았다. 이런 짐승들이 한창 많은 시기였다. 언덕 위에서 사흘 밤낮을 기다리면 들소 떼가 빠르게 달려와 지평선에 바닷물처럼 펼쳐지는 장관을 볼 수도 있었다. 엄마 등에 업힌 아마로파코아크는 이 광경을 보며 기뻐서 어쩔 줄 몰라 옹알대고 꿈틀거렸다. 므누티크는 마치 아기 주머니쥐가 어미의 털 속에 몸을 파묻듯이 웅크리고는 포대기 속에 머리를 숨기려 했다. 므누티크는 자신의 목소리만을 듣기 위해 옹알거렸다. 이것이 조금이나마 위안이 되었다.

❀

누구나 공포를 느낀다는 것은 자명한 일이다. 이들 부족은 미친 사람만이 두려움을 모른다고 생각했다. 하지만 관습에 따라 므누티크와 아마로파코아크가 다섯 살이 되었을 때 더 이상 두려움을 표현해서는 안 되었다. 아마로파코아크는 아마도 조금은 미친 것이 분명했다. 태어나서 단 한 번도 두려움을 내보인 적이 없기 때문이다. 사람들은 그의 타고난 용기를 알아보았다. 그러나 므누티크의 경우는 달랐다. 그에게는 모든 발견이 새로운 공포의 계기가 되었으며, 가족들은 이에 대해 굉장한 수치심을 느꼈다. 이 두 소년은 공교롭게도 같은 날 태어난 터라 종종 비교되었는데, 이로 인해 므누티크의 나약함이 더욱 부각되었다. 자유롭던 그 시절은 아름다웠으나 냉혹했다. 사람들은 아직 맹수를 통제할 만한 충분한 능력이 없었기에 어떤 나약함도 허용되지 않았다. 매일매일이 자연에 대항하는 전투였고, 사람들은 이를 즐기기도 했지만 두려워하기도 했다. 므누티크는 이 투쟁에 참여하기에 역부족으로 보였다.

❀

두려움이라는 것을 모르던 아마로파코아크는 동정이나 연민의 감정도 잘 알지 못했다. 그는 틈만 나면 므누티크에게 시비를 걸었다. 사람은 대개 어릴 적부터 자신과 너무나 다른 사람에게는 신경이 거슬리기 마련이다. 또한 그 시절 아마로파코아크가 멍청하고 난폭했기 때문이기도 할 것이다. 무슨 연유인지, 므누티크는 놀랍게도 자신을 괴롭히는 아마로파코아크를 피하지 않았다. 이 둘은 난폭하고 허풍스러운 형과 형의 온갖 변덕을 다 받아주는 존재감 없는 동생처럼 보이기도 했다.

– 이 약해빠진 하찮은 벌레 같으니, 내가 널 불어버리면 넌 아마 단번에 북극의 빙산까지 날아가 버릴걸?

아마로파코아크가 크게 소리쳤다. 므누티크는 아무런 대꾸도 하지 않았다.

– 넌 딱 아기 코요테만큼 용감하지.

아마로파코아크가 가슴을 내밀며 덧붙였다. 므누티크는 아무 말 없이 들판에서 뜯은 풀을 가지고 놀았다. 멀리서 므누티크의 아버지가 격노하며 이 광경을 지켜보고 있었다. 그의 어머니 역시 당혹스러워하며 억누를 수 없는 굴욕감을 느꼈다.

❀

두 소년이 열 살이 되었을 때, 사람들은 모두 아마로파코아크가 훌륭한 사냥꾼이 될 것이라고 생각했다. 어린 나이에도 불구하고 그는 이미 붉은사슴 열 마리를 단 하나의 화살로 잡는 위업을 달성했다. 그는 곧 무시무시하고 위협적인 들소도 공격할 기세였다. 반면 므누티크는 부족 내에서 겁쟁이로 인식되었다.

사람들은 므누티크를 비웃는 데 그치지 않고 마치 소심함에 전염성이라도 있는 것처럼 그를 피했다. 사람들의 이런 행동은 어린아이에게 너무 가혹했다. 므누티크는 자신이 처한 상황에 대해 곰곰이 생각해 보았다. 자신의 의견을 표현할 기회도 없이 타고난 기질을 기반으로 칭송받거나 비난받는 것은 불공평하다고 생각했다. 아마로파코아크만이 므누티크와 어울렸다. 므누티크는 이 건장하고 무례한 소년이 자신을 들러리로 이용한다는 것을 마침내 깨달았고, 그 사실이 소름 끼치도록 끔찍해졌다. 그의 약함과 두려움이 클수록, 아마로파코아크는 자기 자신과 부족 모두에게 본인의 위업을 더 대조적으로 내보일 수 있었다. 므누티크는 이 끔찍한 동행으로부터 벗어나고 싶었다. 그러나 아마로파코아크는 므누티크를 마치 자신의 그림자처럼 데리고 다니며 자신의 명성을 돋보이게 하는 데 익숙해져, 쉽사리 므누티크를 놓아주지 않았고 때로는 강압적으로 어디든 끌고 다녔다.

❀

드넓은 초원 위 하늘에 달이 차고 기울에 따라 아마로파코아크는 자신만만하고 건장한, 그리고 오만하고 대담한 청년으로 장성했다. 부족 내 소녀들은 그의 시선을 얻기 위해 서로 다투었고, 소년들은 그를 자신과 동등한 존재로 생각하려 하거나 경쟁자로 여겼다. 아마로파코아크는 그의 영원한 동반자인 므누티크가 겪는 고통으로부터 양분을 취했다. 반면 므누티크는 여름날의 메마른 꽃처럼 시들어갔다. 한 사람은 다른 한 사람의 희생으로 더욱 번성했다. 아마로파코아크는 그가 가진 힘과 행운으로 만족할 법도 했지만, 인간의 본성 탓인지 가끔은 같은 날 태어난 이의 실패와 좌절을 끊임없이 확인해야만 자신의 승리가 완전하게 느껴졌다. 므누티크의 부모가 이 잔인한 게임을 끝내도록 도와줬다면 좋았으리라. 하지만 인정머리 없는 그들에게는 자신들의 자존심을 지키는 일이 우선이었다. 그들이 아들을 보호하려 한다면 분명 모두가 비웃을 것이었다.

✿

어느 봄날 새벽, 아마로파코아크는 므누티크를 데리고 사냥에 나섰다. 부족의 야영지 옆을 흐르는 강에서는 해빙으로 갈라지고 있는 얼음 아래로 물살이 빠르게 불어나 끊임없이 쩍쩍거리는 소리가 났다.

므누티크는 아마로파코아크의 화살통과 여벌로 가져온 창을 들고 있었다. 언제부턴가 자신의 무기는 들고 다니지 않았다. 힘도, 용기도, 그러고 싶은 마음도 없는 탓에 절대 무기를 쓸 수가 없었다. 그는 거의 아마로파코아크의 노예나 마찬가지였다.

두 소년은 한동안 요란스러운 강물을 따라 걷다가 숲속으로 향했다. 흰색과 보라색의 크로커스*가 피어난 들판에서는 푸른 잔디가 매일매일 보드라운 눈 위를 조금씩 뚫고 나왔다. 서글픈 현실에도 므누티크는 세상을 알아가는 즐거움을 마음속에 품었고, 이를 동물들과 함께 나눴다. 자연 속에서 사는 사람들은 자신의 기분을 외면하지 않는다. 그 어떤 존재라도 기쁨 넘치는 생의 활력에 초연할 수는 없다. 아마로파코아크 역시 만족스러웠다. 그는 또 사람들의 환호를 받게 될 멋진 포획물을 들고 돌아가는 자신의 모습을 미리 상상했다.

---

* 붓꽃과에 속하는 여러해살이풀. 잎은 가늘고 솔잎 모양이며, 이른 봄에 꽃이 피며 작은 튤립을 닮았다.

✿

그들은 숲 주변에서 노루 떼의 흔적을 발견했다. 쌓인 눈 덕에 사냥감을 추적하는 것이 수월했고, 젖어 있는 초원은 흔적을 거의 그대로 보존하고 있었다. 여기저기 흩뿌려져 있는 작고 동그란 배설물에서 아직도 김이 나고 있었다.

– 일곱 마리네.

므누티크가 말했다.

– 여덟이야, 여덟 마리라고 이 바보 같은 녀석아.

아마로파코아크는 므누티크가 미처 보지 못한 흔적을 가리키며 핀잔을 주었다. 그는 뻐기듯 어깨를 으쓱하며 숲속으로 들어갔다. 므누티크는 뒤따라 걸었다. 소나무의 높은 가지 위에서 커다란 눈 더미가 마치 잘 익은 과일이 터지는 듯한 축축하고 불쾌한 소리를 내며 아마로파코아크의 머리 위로 쏟아져 내렸다.

아마로파코아크는 실오라기 같은 빛줄기만이 들어올 법한 무성한 숲속에서, 눈이 여전히 두텁게 쌓여 있는 구덩이에 빠지고 말았다. 므누티크는 아마로파코아크가 욕설을 내뱉으며 허리 높이까지 파묻히는 것을 보았다. 그와 동시에 무시무시한 회색곰✿의 포효가 들려왔다.

✿

아마로파코아크가 빠진 곳은 곰들이 사는 굴이었다. 때는 동면으로 야윈 거대한 회색곰들이 깨어나 광적으로 먹이를 찾아다니는 시기였다. 젊은 사냥꾼은 극심한 공포에 질려 생쥐처럼 낑낑댔다. 므누티크는 반사적으로 화살과 화살통, 창을 내던지고 발걸음을 돌려 달아났다.

서른 걸음쯤 달렸을 때, 뒤에서 아마로파코아크가 한 번도 들어보지 못한 목소리로 비명을 질렀다. 이유는 알 수 없었지만 그 비명은

✿ 식육목 곰과의 포유류. 학명은 Ursus arctos horribilis로, '공포의 곰'이라는 뜻이다. 몸은 육중하고, 어깨가 높이 솟아오른 모양이다. 털빛이 회색을 띠어 회색곰이라 불리지만, 실제로는 빛바랜 회색에서 검은색까지 다양하다.

므누티크를 바로 멈춰 세웠다. 그는 흐트러진 균형을 잡고 잠시 숨을 고른 뒤, 도망쳐 왔을 때만큼이나 재빨리 아마로파코아크를 향해 달려갔다.

아마로파코아크는 부서진 활을 든 채 누워 있고, 끊어진 시위는 숲 속의 희미한 빛 아래 달랑거리고 있었다. 그때 거대한 무언가가 몸을 일으키며 주위에 있던 나무 밑동의 두꺼운 가지들을 부러뜨렸다.

그것은 바로 회색곰이었다. 너무나도 거대한 나머지 동물 세계의 일부같이 보이지 않았다. 므누티크는 이 곰이 마치 보잘것없는 작은 두 인간 때문에 분노한 신 같다고 생각했다.

❀

므누티크는 활을 갖고 있지 않았다. 설령 갖고 있었다 할지라도 무기를 다루지 못하는 그가 화살을 쏘아 곰을 죽이는 것은 가당찮은 일이었다. 어르신들은 부족의 야영지에서 그들의 사냥꾼들을 공격한 암컷 회색곰에 대해 가끔 이야기하곤 했다. 당시 곰을 향해 열 발이 넘는 화살을 쏘고 세 개의 창을 던졌으나 성난 곰의 공격은 전혀 수그러들지 않았다고 말이다. 곰은 사람 셋을 죽이고 나서야 사라졌다. 그러고 다시는 나타나지 않았다.

거대한 짐승은 너무나 빠르고 민첩하게 움직여 므누티크에게는 언뜻언뜻밖에 보이지 않았다. 엄청난 몸집과 모순되게 곰이 그토록 날쌘 것은 놀라운 일이다.

아마로파코아크는 다시 한 번 매우 날카롭게 비명을 질렀고, 므누티크는 단번에 그가 크게 다쳤음을 직감했다. 순간 므누티크의 영혼 깊은 곳에서부터 척추를 타고 무언가 파도처럼 밀려 올라와, 억누를 수 없는 전율에 휩싸였다. 그 전율은 정수리에서 폭발했고, 경뇌막 안에서는 뜨거운 거품이 넘름거렸다. 소심하고 겁 많던 연약한 소년이 창을 집어 들고 팔을 뻗으며 곰을 불렀다.

❁

회색곰이 발을 어깨 높이로 올렸다 휘둘렀고, 그 순간 아마로파코아크가 맥없이 날아가 덤불 속에 파묻혔다. 곰은 고개를 젖히며 자신을 도발한 다른 소년을 향해 포효했다. 곰이 입을 하도 크게 벌려 사람을 통째로 삼켜버릴 것 같았다. 이 무시무시한 동물이 숨을 내뱉을 때마다 누런 침 줄기가 튀었다. 므누티크는 바짓가랑이가 축축해지는 것을 느꼈다. 현기증이 몰려왔다. 하지만 그는 창을 들고 고함을 질렀다. 그의 가냘픈 외침은 회색곰의 포효에 묻히고 말았다. 그는 이 짐승의 시뻘게진 눈 속에서 자신의 죽음을 예견했고, 끔찍한 결말을 확신했다. 그 순간 그것이 자기 운명임을 느끼며 자신에게 내려진 평결을 순순히 받아들이기로 했다.

곰은 들고 있던 두 앞발을 내렸다. 그래도 곰이 므누티크보다 훨씬 컸다. 회색곰 특유의 솟아 있는 혹 때문에 이 거대한 짐승이 특별하게 보였다. 소년은 팔을 뒤로 젖혀, 조준도 하지 않고 되는대로 끙 소리를 내며 창을 던졌다. 사람들이 아직 그가 좋은 사냥꾼이 될 가능성이 있다고 믿었던 때 가르쳐준 것과는 정반대로.

❁

창은 크게 벌려진 회색곰의 입안 한구석에 내리꽂혔다. 곰은 그 즉시 잠잠해졌다. 므누티크는 마치 자신의 잇몸에 긴 가시가 꽂힌 것처럼 서서히 그 짐승의 고통을 느꼈다. 싸움을 해본 사람이라면 상대에게 가해지는 고통이 자신에게도 거의 같은 강도로 느껴질 때가 있다는 것을 안다. 싸우는 두 사람은 때때로 마치 스스로를 공격하는 것처럼 하나가 된다.

소년은 팔을 내리고 말했다.

– 곰아, 우리를 보내줘. 각자 갈 길을 가자.

회색곰은 아주 조심스럽게 입에 꽂힌 창을 뽑아냈다.

– 우리를 보내줘.

므누티크가 다시 한 번 말했다. 피로 붉게 물든 침 몇 방울이 곰의 입술을 타고 흘러내렸고, 곰은 눈을 부릅뜨고 므누티크를 내려다보았다.

❀

사람들은 비밀의 언어가 존재한다는 것을 알고 있다. 소년은 입을 벌리지도 않은 채 회색곰에게 눈빛으로만 힘주어 말했다. 먼저 거대한 곰이 이 숲과 그 일대의 주인임을 인정하며 경외를 표한 뒤, 같은 날 태어난 동반자를 난폭하게 다루도록 내버려두지는 못하겠다고 못 박았다. 작은 두 인간보다 훨씬 맛있는 먹이를 쉽게 찾을 수 있지 않느냐며 자신들은 곰의 영토를 떠나겠다고 했다. 어디까지나 실수로 곰의 굴에 떨어진 것이고, 일부러 그런 건 절대 아니라고 말이다.

곰은 협곡 바닥을 구르는 돌을 연상시키는 소리를 내며 그르렁그르렁하고 숨을 강하게 내쉬었다. 곰의 거친 털은 녹아내린 눈에 반사되어 회갈색으로 빛났다. 므누티크는 열 발자국 내에 들어서면 곰이 한 방에 달려들어 눈 깜짝할 사이에 자신을 충분히 죽일 수 있다는 것을 알았다. 곰은 깊이 한숨을 내쉬었다. 곰도 눈으로 무언가를 얘기하고 있었다. 그것은 끝없는 힘에 대한 확신이자 거만함이었으며, 보잘것없는 적을 상대하는 것에 대한 일종의 권태감이었다.

곰은 갑자기 그 거대한 몸을 돌려 깊고 어슴푸레한 숲속으로 들어갔다.

❀

검은 부리를 가진 휘파람고니*들이 무성한 나뭇잎 위로 하늘을 날았다.

므누티크는 눈 속에서 아마로파코아크가 몸을 일으킬 수 있도록 도와주려다, 동반자의 팔이 곰의 발톱에 거의 전부 뜯겨 나갔음을 알게 되었다. 상처에서 피가 쏟아져 나오고 있었다. 므누티크는 나무껍질의 섬유질로 지혈을 시작했다.

– 곰은….

아마로파코아크가 중얼거렸다.

– 갔어. 자, 어서 업혀. 얼른 돌아가야 해. 니아지위지가 치료해

---

* 기러기목 오리과의 조류. 울음고니라고도 하며, 성숙한 개체는 날개가 흰색이고 부리와 발은 검은색이다.

줄 거야.

- 곰이 우리를 잡아먹으러 돌아올 거야.

아마로파코아크는 공포와 고통 속에 어린아이가 되어버렸다. 그의 말투는 마치 엄마에게 칭얼대는 아이 같았다. 므누티크는 이제 숲에서 탈출하기 위해서는 자기 스스로에게 의지하는 것 외에는 달리 방법이 없다는 것을 깨달았다. 곰이라는 동물은 워낙 변덕스러워 언제라도 되돌아올 수 있었다. 아마로파코아크는 부상이 심각해서 당장 치료받지 않으면 목숨이 위태로웠다.

- 가자.

므누티크가 재촉했다.

- 내가 도와줄게. 가자. 아마로파코아크, 얼른 일어서!

심하게 부상을 입은 소년은 회색곰이 다시 돌아올지도 모른다는 극심한 공포에도, 혹은 아마도 그 이유 때문인지 제대로 서지를 못했다. 엄청난 두려움은 사람을 망연자실하게 만들기 때문이다. 므누티크는 허리가 아프고 어깨가 욱신욱신 쑤실 때까지 친구의 겨드랑이를 잡고 한참을 끌어올렸다. 그러나 그는 자신보다 훨씬 무거운 부상자의 의지를 거스르기 힘들다는 것을 깨달았다. 무기력한 친구의 몸을 도저히 끌고 갈 수가 없었다. 그는 소리쳤다.

- 넌 그냥 겁쟁이야!

아마로파코아크는 므누티크를 향해 고개를 들었다. 그의 모습은 증오로 일그러졌다.

- 누가 할 소리! 넌 바지에 오줌까지 지렸잖아.

- 난 적어도 모든 게 끝날 때까지 기다리는 겁쟁이는 아니라고!

부상당한 소년은 알아듣지 못할 말을 더듬더듬했다. 그의 얼굴은 마치 어릿광대가 양 볼을 빨아들인 것처럼 홀쭉해졌다.

❀

그들은 깜깜한 숲속으로부터 곰이 울부짖는 소리를 들었다. 곰이 돌아오고 있는 것일까?

– 나 버리고 가면 안 돼.

아마로파코아크는 공포에 질린 다급한 목소리로 속삭였다.

– 절대. 어서 나랑 가자.

므누티크는 비어 있는 방광이 액체를 더 뿜어내려고 하듯 수축하는 것을 느끼며 말했다. 고약한 냄새를 풍기는 식은땀이 그의 양 옆구리를 끈적하게 했다. 하지만 자신이 아마로파코아크를 절대로 포기하지 않을 것임을 알았다. 그는 자기 힘을 넘어서는 엄청난 노력으로 부상자를 등에 업어 올렸다. 순간 비틀거리며 눈 위에 흩어져 있는 사냥 도구들이 얼마나 부질없는 것인지 잠시 생각했다. 그것들을 거기에 그대로 두고, 거대한 곰의 숨겨진 굴까지 왔던 흔적을 되짚어 가기 시작했다. 아마로파코야크는 므누티크의 귀에 대고 신음했다. 그것은 스스로에게 신망을 잃은, 자신에게서 잃어버린 것을 다시는 되찾을 수 없는 한 소년의 애원과 저주가 섞인 광기였다.

❀

므누티크는 계속 넘어졌다. 눈 위에 세 번째 엎어졌을 때 아마로파코아크의 이마가 뒤통수에 부딪혔고, 그 충돌로 혀를 깨물어 피가 났다. 므누티크가 쓰러지자 부상당한 소년이 저주 섞인 말을 퍼부었지만 그는 아무것도 못 들은 것처럼 행동했다. 실제로 그는 어떤 희생이 따르더라도 그에게 주어진 짐을 짊어지고서 계속 전진하라는 자기 내면의 목소리만을 따라 나아가고 있었다.

마침내, 두 소년은 숲에서 빠져나왔다. 아직도 한참을 걸어야 했지만, 므누티크는 꾸밈없고 생기 넘치는 밝은 봄빛 아래 서 있다는 것에 안도감을 느꼈다. 아마로파코아크는 잠잠해졌다. 힘없고 겁에 질려 있던 그는 동반자의 옷을 붙잡은 채 초원을 걷기 시작했다. 그곳을 지나는 동안, 눈은 한층 더 녹았다. 새로 돋아나는 부드러운 연둣빛 잔디 위로 철 이른 작은 꽃들이 다채로이 피어 있었다. 두 사냥꾼이 숲

속에 들어간 후로 꽤 오랜 시간이 흐른 것 같았다. 므누티크는 양지의 온기를 향해 한 걸음 한 걸음 조심스레 나아갔다. 그때 소년들의 등 뒤로 회색곰이 나타났다.

❀

엄청난 힘을 가진 곰이라는 짐승은 생쥐처럼 살금살금 움직이는 법도 알고 있다. 회색곰이 부리지 못할 재주는 없다. 그래서 곰이 위험한 것이다. 곰은 이번에는 아무런 고함도 지르지 않았다. 그저 뒷발로 서서 하늘을 향해 고개를 들었을 뿐이다. 아마로파코아크는 두 눈을 끔뻑거렸다. 곰은 아무런 움직임 없이 무시무시한 장승처럼 서 있었다. 발바닥은 곰이 밟고 온 숲길의 축축함으로 빛났다. 발끝에 털 사이로 비죽 튀어나온 거대한 발톱이 마치 식칼 같았다. 이 짐승의 팔은 부족 내의 가장 큰 남자보다 더 퉁퉁했다. 털 아래로는 울룩불룩한 근육들만이 보였다.

아마로파코아크는 숨죽여 울기 시작했다. 다시는 보지 못할 어머니를 떠올렸다. 그 뒤로는 공포에 휩싸여 아무런 생각도 나지 않았다. 므누티크 역시 곰을 알아차렸다. 하지만 뒤돌아보지 않았다. 당황하지 않고 그가 밟고 가는 땅에만, 그리고 절대 놓고 가서는 안 되는 그의 짐에만 집중하려 애쓰며 계속 걸었다.

❀

천 근은 될 법한 회색곰의 몸이 초원의 신선한 공기 속에서 바람에 날리는 갈대처럼 흔들거렸다. 마치 하늘에서 미지의 흥미로운 향기가 내려오는 듯 이따금 코를 벌름거리며 체중을 한쪽 발에서 다른 쪽 발로 서서히 옮겼다. 그것은 곰의 변덕이었다. 곰은 이 인간들을 해치려 했던 걸까? 곰은 인간들이 적개심을 표현하고 응징할 만한 공격적인 행동을 보이길 바랐을지도 모른다. 하지만 이들은 뜀박질조차 하지 않고 홀연히 가버려서 곰이 반사적으로 쫓아갈 수도 없었다.

그들은 하찮았다. 곰은 그들을 무시하기로 했다. 그들은 곰의 주의를 끌 만한 어떠한 해도 끼치지 않았다. 곰은 자신의 무시무시한 그림자도 미치지 않는 초원의 지평선을 바라보며 으스대듯 서 있었다. 곰 또한 부드러운 봄 햇살 속에서, 살아 있다는 즐거움과 그 영토의 주인이라는 사실에 대한 큰 기쁨에 흠뻑 젖었다.

❁

므누티크가 의식을 잃은 아마로파코아크를 등에 업은 채 귀환한 지 한 달 반이 되었다. 치료사인 니아지위지가 간신히 아마로파코아크의 생명을 구할 수 있었으나 팔은 부상이 너무나 심해서 팔꿈치 위까지 절단해야 했다.

그로 인해 많은 상황이 바뀌었다. 소녀들은 아마로파코아크에게서 등을 돌리고, 그를 시기했던 소년 몇몇은 경쟁자의 참패를 내심 기뻐했다. 므누티크의 경우, 아마로파코아크를 구한 공적으로 사람들이 그를 새롭게 보기 시작했고 부모로부터도 인정받게 됐다. 하지만 그는 분별력을 잃지 않았다. 그가 부모를 진정 필요로 했을 때 지지해 주었다면 좋았을 것이다. 그러나 그들은 그 어떤 도움도 주지 않았다.

마찬가지로 그에게 관심을 갖고 접근하는 소녀들로부터 거리를 두었다. 소녀들의 새로운 미소가 그를 뒤흔들 때, 그는 소녀들이 그에게 관심을 갖는 이유가 덧없는 단 한 번의 공적 때문이 아니라는 것을 확신하고 싶었다. 물론 밤에는 뜨거운 입맞춤과 부드러운 포옹을 꿈꿨지만, 그것은 그가 청춘이었기 때문이다. 하지만 이른 아침이 되면 의식을 되찾고 소녀들의 관심에 대해 조심하는 마음을 가졌다.

❁

아마로파코아크도 므누티크도 그들이 회색곰을 마주쳤을 때, 그리고 그로부터 도망쳤을 때 각자의 태도에 대해 아무에게도, 특히 서로 간에는 더더욱 얘기하지 않았다. 그렇지만 숲속으로 사냥을 나갔던 그날의 기억은 그들의 머릿속에 내내 어른거렸다. 아마로파코아크는 고통의 기억으로 번민했고, 므누티크는 삶의 기이함에 대해 곰곰이 생각했다.

두 소년의 관계는 현격히 달라졌다. 아마로파코아크는 더 이상 거드럭거리지 않았고, 그의 영원한 들러리 같던 므누티크를 무시하며 우쭐거리던 시절을 돌이켜 보며 수치심을 느꼈다. 므누티크는 한때 자신을 짓밟았던 친구가 예전과 달리 겸허해진 것을 느꼈으나 이 새로운 상황을 이용하지 않았다. 그는 지금은 장애를 갖게 된 아마로파코아크의 조용한 벗이었다. 늘 그래 왔듯이.

물리적이고도 정신적인 기이한 현상에 의해 마치 만물의 질서가 불균형을 상쇄하듯 므누티크는 더욱 건장하고 강인한 사람이 되었다. 어깨는 더 넓어지고, 고개를 더 높이 들고 걸었다.

✿

여름이 다가왔고, 아마로파코아크와 므누티크는 새로운 정착지의 평원을 산책했다. 부족은 들소 떼를 따라 야영지를 옮겼다. 꽃이 만개할 때여서 눈으로 구분할 수 없을 만큼 다양한 색색의 꽃들이 피어 있었다. 소년들은 허리 높이까지 차오른 알록달록한 바다를 헤엄쳐 나아갔다. 소리를 내지 않고 조용히 움직였기 때문에, 새들이 지저귀며 그들의 다리까지 날아왔다. 그들은 서로 아무 말도 하지 않았다. 므누티크는 향기로운 흰색 패랭이꽃을 땄다. 자신이 향기를 맡기 전에 줄기를 손가락으로 돌려, 그 향기를 함께 즐기려는 듯 아마로파코아크에게 내밀었다. 마치 두 소년이 지나가는 아름다운 소녀를 보고 서로에게 신호를 보내는 것처럼, 부질없는 몸짓.

– 우리는 동등해.

므누티크는 친구를 바라보며 생각했다. 그는 아마로파코아크의 눈빛을 보고 알 수 있었다. 허세로 가득 찬 삶을 살아왔던 아마로파코아크가 이제는 인간으로서의 도리를 깨닫고 그것을 겸허히 받아들였다는 것을.

붉은 꽃

작약이여,

너의 오만함은 참을 수 있는 한계를 넘어서는구나.

—

《꽃의 언어》, G. W. 게스만, 1899

아이들에게 외모의 아름다움을 지나치게 칭찬하는 것은 바람직하지 않다. 아이가 얼마나 명석하고 재미있는지 계속 말해주는 것도 좋지 않다. 이런 일이 반복되면 아이들은 기괴한 허영에 빠져 기회가 될 때마다 작은 서커스의 동물들처럼 재능이나 지식을 자랑해 보이려고 할 것이다. 어린아이들은 경험에서 얻는 요령이 부족하기 때문에 재롱을 부리거나 잘난 척하다가 웃음거리가 되기 쉽다. 아이들은 종종 자랑의 수위를 잘 조절하지 못한다.

셀마는 칭찬이 필요 없었다. 그녀는 갓 태어나자마자 부모님은 물론, 자신을 세상에 나오도록 도운 의사와 산파까지 모두 황홀경에 빠지게 했다. 사람들은 그토록 매혹적이라고 소문난 이 아기를 보기 위해 앞다투어 찾아왔고, 모두들 그 아름다움에 감탄했다. 그들은 신의 은총을 보았다고 느꼈다. 그러나 이례적인 아름다움은 사람들의 마음속에 난폭함, 향수, 숭배와 시기가 뒤섞인 모순적인 감정을 불러일으킨다.

❁

셀마는 북쪽 지방에서는 희귀한 황금빛 피부를 지녔다. 그녀의 잿빛 금발은 흰색에 가까웠다. 특히 눈이 현저히 돋보였다. 인간에게서는 비슷한 경우를 찾기 힘든 이례적인 눈이었다. 셀마는 굉장히 맑고 빛나는 허스키 종의 푸른 눈빛을 지니고 있었다. 그녀와 마주치는 이는 누구라도 인간의 것이 아닌 듯한 아이의 시선에서 눈을 떼지 못했다. 강한 기운을 발하는 그녀의 눈빛은 영혼을 꿰뚫어보는 듯했기에, 자연이 만들어낸 장엄한 작품들 외에는 그에 상응할 만한 것을 찾을 수 없었다. 사람들은 셀마의 눈을 다른 아이들의 눈과 견주지 않았다. 대신 얼음 폭포나, 추위에 털이 잔뜩 부풀어 오른 채 빙산 위에 위풍당당하게 서 있는 북극곰이나, 혹은 감각을 압도하는 북극의 오로라를 떠올렸다. 그렇게 셀마는 그녀에게 다가오는 사람들을 매혹시켰다. 하지만 그녀가 다른 사람들에게 매력을 느끼는 경우는 없었다. 이 작은 여자아이가 지닌 상상을 초월하는 아름다움에 심취한 사람들은 그녀에 대한 기억에 자신의 존재 일부를 사로잡힌 채 불완전하게 돌아갔다.

아이들이 자라면서 몸의 변화를 자각할 때가 있다. 마냥 예쁘고 사랑스럽던 아이가 사춘기를 겪게 되는 것이다. 볼 빨갛고 침 흘리던 어린 아이가 여러 해를 거듭하면서 매력적인 외모를 갖게 된다.

어렴풋한 초벌 그림에 지나지 않던 어릴 때의 모습이 시간이 흐름에 따라 점차 또렷해지기도 한다. 아무도 그게 가능할 것이라고 예상 못 했지만, 셀마는 더 아름다워졌다. 높이 올라 붙어 도드라진 광대뼈, 갈색빛이 감돌며 도톰해진 붉은 입술이 예전의 얼굴에 작별을 기했다. 그녀가 열한 살 생일을 맞았을 때, 생일을 축하하는 자리에 참석한 모든 남자는 파티장을 장식하고 있는 초롱과 갈랜드 앞에서 홀로 돋보이는 이 여신에게 동요되었다. 여자들은 모두 이 선택받은 자리에 오르기 위해서라면 기꺼이 인생의 수년을 바칠 준비가 되어 있었다. 셀마는 이렇듯 자신을 경외의 시선으로 바라보는 사람들 위에 군림했으며, 그녀에게 매료된 포로의 수를 늘려갔다.

어지간히 둔한 사람이 아니고서야 그녀가 발하는 매력을 몰라볼 수 없었다. 셀마 역시 바보가 아니었다. 그녀는 자신이 주위 사람들에게 어떤 영향을 끼치는지 깊이 생각해 볼 필요도 없었다. 단순한 몸짓만으로 쉽게 알아챘다. 동공의 확장, 호흡과 발성의 변화, 자세, 땀, 이 모든 것들이 방울뱀 콧구멍 속의 열감지 세포만큼 정확하게 측정되었다. 그리하여 다가오는 상대에 대해 그들 자신보다 훨씬 더 잘 알 수 있었다. 셀마는 말수가 극히 적었다. 꼭 필요한 경우에만 망설이며 아주 간결하게 말했으나 그 안에는 어떤 겸손도 없었다. 그녀는 주위 사람들을 보면서, 너무 숨김없이 솔직하게 자신을 드러내면 매력과 신비로움이 사라진다는 것을 배웠다. 평범한 사람들과 다를 바가 없어지는 것이다. 셀마는 이런 생각을 견디기 힘들었다. 자신은 범접할 수 없는 존재로 남기로 굳게 다짐했기 때문이다.

혜택 받지 못한 이들은 씁쓸한 경험을 통해 아름답지 못하게 태어난 불운을 빨리 깨닫는다. 반대로 몇몇 아름다운 이들은 운명적으로 주어진 행운을 헤아릴 줄 모른다. 셀마는 나이에 비해 자신에게 부여된 권력을 이용할 예리한 수완을 갖고 있었고, 자신과 다른 종족이라고 생각하는 못난 평민들 위에 홀로 군림하기로 했다. 끝없는 교만은 그녀를 갉아먹었다.

사람들은 살면서 이따금 두각을 나타내고 세상으로부터 주목받기를 원한다. 거대한 양 떼 속에서 한낱 한 마리 양일 뿐이라는 것은 결코 달갑지 않은 일이다. 하지만 사람들은 곧 그 사실에 익숙해지고, 그렇지 않은 경우에는 일이나 직업에서 특기를 찾음으로써 위안을 얻는다. 셀마는 위대한 업적을 남기는 것에는 신경 쓰지 않았다. 본인 자체가 걸작이었기 때문이다. 그녀는 단 한 번도 본인이 남녀의 결합으로 생겨난 존재라고 생각해 본 적이 없었다. 그녀는 마치 스스로 이 세상에 생겨난 것처럼, 혹은 수려하지 못한 인간들이 살고 있는 곳에 유일하게 완벽한 모습으로 놓여진 것처럼 행동했다.

이미 천부적인 소질을 타고난 셀마가 지능이라도 평범했다면 상황은 이토록 심각해지지 않았을 것이다. 그러나 그녀는 미모에 필적하는 지적 능력을 갖고 있었다. 가슴이 발달하거나 목소리가 성숙하게 변하기 전부터, 이미 수학 문제 풀이나 라틴어 작문과 해석 면에서 선생님들보다 뛰어났다. 그녀의 거만함은 한없이 커졌다. 그녀는 무엇도 드러내지 않기 위해 늘 주의했지만, 그녀도 자신들의 일부라고 생각하는 이 종족을 더욱더 경멸하기 시작했다. 지성은 빠른 두뇌에만 존재했던 것일까. 영혼이 완전해지기 위해서는 마음도 겸비되어야 한다는 것을 셀마는 몰랐다.

게다가 자신의 우월성을 강하게 확신하며 또래 소년들과 싸움, 수영, 달리기 등을 겨루었고, 그들을 쉽게 이겼다. 그녀는 호리호리했지만 팔은 해저케이블처럼 단단했고, 그 안에는 근육이 가닥가닥 숨어 있었다. 다리는 암사슴의 것처럼 튼튼했다.

사람들은 셀마의 흠을 찾으려 이리저리 살펴보았다. 여자아이들은 목욕탕에서 완벽한 몸의 오점을 찾기 위해 곁눈질했다. 선생님들은 함정을 놓기도 했으나 그녀는 파리를 쫓아버리듯 쉽게 피했다. 그러나 남들에 대한 경멸을 드러내지 않도록 주의했기 때문에, 사람들이 그녀를 대놓고 싫어할 수는 없었다. 사람들은 그녀를 부러워했지만 부러움과 질투는 한 끗 차이고, 질투와 증오 역시 종이 한 장 차이였다. 셀마가 사람들의 격분을 살 만한 일을 하지 않았기 때문에 해를 입을 일은 없었다. 사람들은 그녀를 피하는 게 다였고, 이것이 그녀에게는 더할 나위 없이 좋았다. 그녀는 완벽하지 않은 사람들과 마주치는 것보다, 연못의 매끈한 수면 위에 비친 자신의 얼굴을 보는 데서 더 큰 만족감을 느꼈다.

한편 사춘기 청소년에게 굴욕감만큼 두려운 것은 없다. 셀마는 워낙에 다가가기 어려웠기 때문에 소년들은 그녀에게 구애해 볼 생각조차 하지 못했다. 차라리 한밤중에 하늘의 별을 따기 위해 팔을 뻗고 뛰어오르는 것이 나을 지경이었다. 하지만 어디에나 늘 용기 넘치고 분별력 없는 사람들이 있다. 루비콘강✲을 건넌 소년은 바로 귀나르였다.

허스키 같은 푸른 눈에 꿀빛 피부, 하얀 머리칼을 가진 소녀에게 용기 내어 다가가기로 한 소년은 모든 면에서 그녀와는 정반대였다. 우선 겉모습부터 그녀와 완전히 달랐다. 그는 햇빛에 이따금 푸른빛으로

✲ 이탈리아 북동부의 강으로 로마 공화정 시대에 이탈리아와 갈리아의 경계였다. 카이사르가 루비콘강을 넘어 로마로 진격한 데서 유래하여 '루비콘강을 건너다'라는 표현은 '되돌릴 수 없는 중대한 결정을 하다'라는 뜻으로 쓰인다.

물들기도 하는 까마귀의 검은 날개 같은 머리카락을 지녔다. 그의 짙은 눈은, 손등과 팔꿈치 안쪽에 보랏빛 혈관이 비칠 정도로 투명한 피부 위에서 더욱 돋보였다. 귀나르는 어린 나이에도 이미 크고 강한 손을 갖고 있었다. 쾌활한 성격을 타고나 항상 웃음을 띠었다. 모두들 그의 곁에 있으면 웃을 거리가 생겼다. 그를 멋진 소년이라고 생각하는 사람들이 많았고, 무엇보다 그와 함께 있으면 늘 행복감을 느꼈기 때문에 그에게는 수많은 추종자가 있었다. 귀나르처럼 여자들이 스스로 아름답다고 느끼게 하고, 남자들은 스스로 용감하다고 느끼게 하는 상냥한 사람은 아주 드물다. 고삐 풀린 말이나 사나운 개조차 그가 손을 내밀면 잠잠해졌다. 그의 곁에서 위안을 느끼지 않는 사람은 아무도 없었다. 하지만 그의 성격 중 가장 놀라운 부분은 아무것도 두려워하지 않는다는 점이었다.

❁

귀나르에게 두려움이 없다는 점이 바로 그가 도도한 셀마를 차지하려고 결심한 것에 지대한 영향을 끼쳤을 것이다. 결국 그는 대담함을 겨루는 제 나이의 청년이었다. 감히 누구도 접근할 생각조차 못 하는 이 소녀, 정복하기에 얼마나 명예로운 요새인가. 큰 손을 가진 이 소년은 경쟁할 필요도 없었다. 그는 본인도 알 수 없는 이유로 셀마에게 끌렸고, 그렇기에 더욱더 그녀에게로 마음이 향했다. 셀마의 외모가 수려하긴 했지만, 그것이 그녀에게 끌리는 본질적인 이유가 아니라는 것을 알고 있었다. 책이나 신화를 통해 알려져 있듯이 깊은 사랑의 원동력은 이해하기 힘든 법이라고 그는 마음속으로 비밀스레 되뇌었다.

술책, 계략, 상대의 약점 파악 같은 유혹의 기술은 귀나르에게는 무의미한 것들이었다. 직선적이고 솔직한 그는 전략을 쓰지 않았다. 귀나르는 자작나무에 기대어 땋은 머리를 매만지고 있는 셀마 곁에 다가가서 말했다.

– 나, 매일 밤 네 꿈을 꿔.

– 너만 그런 건 아닐걸.

그녀는 서슴없이 대답했다. 그러나 말을 채 끝마치기도 전에 자기가 한 말을 후회했다. 그것은 섬세함이 대단히 결여된, 그녀가 늘 감춰오던 생각을 드러내는 말이었다. 귀나르 때문에 놀란 나머지 그런 경솔한 말이 튀어나온 것이다. 그녀는 이내 소년을 원망했다.

귀나르는 전혀 굴하지 않고 말했다.

– 네 말이 맞아. 아마 분명히 많은 사람들이 밤마다 너를 꿈꿀 거야. 하지만 내가 관심 있는 것은 내 꿈들이야.

셀마는 맑은 눈으로 깜빡임도 없이 그를 뚫어지게 쳐다봤다. 그녀는 마음을 가다듬고 기다렸다.

– 난 꿈에서라면 너를 다른 사람들과 나눠가질 수 있어, 꿈에서는 어쩔 도리가 없으니까….

귀나르가 말했다.

– 하지만 현실에서는….

셀마가 뒷걸음칠 여유도 없이 소년은 재빨리 고개를 내밀고 입술을 그녀의 입술 위에 포개었다. 그러고는 한 걸음 물러서서 웃음을 지었다.

– 봤지? 도둑맞은 키스는 되돌릴 수 없어.

어떻게 감히, 어떻게, 어떻게! 어떻게 감히! 셀마는 분노로 새파랗게 질렸다. 그의 뺨을 치고 싶은 욕구로 피가 얼굴에서 빠져나가 손과 팔에 모이는 것을 느꼈다. 그러나 귀나르는 너무 멀리 있었다. 그는 중죄를 저지르고 나서 짐승처럼 숲속으로 자취를 감추어 버렸다. 그렇다. 저속한 짐승, 사티로스✲, 본데없는 인간 같으니.

✲ 그리스신화에 나오는 반인반수의 모습을 한 숲의 정령들로, 장난이 심하고 주색을 밝혔다. '호색한'이라는 의미로 쓰이기도 한다.

진정해야만 했다. 정신을 차려야 했다. 셀마는 깊이 심호흡을 하고, 항상 그래왔듯이 감정을 드러내지 않는 데 집중했다. 심장박동이 정상적으로 돌아왔을 때, 그녀는 곰곰이 생각했다. 귀나르의 행동이 강제적이라고 말하기는 어려웠다. 하물며 모욕적이지도 않았다. 그의 행동은 마치 발코니의 테이블 위를 배회하던 참새가 빵 부스러기를 부리로 단번에 콕 집어먹고 재빨리 날아가 버린 것과 비슷했다.

그렇다. 하지만 참새들은 날아가기 전에 짓궂게 미소 짓지 않는다.

조심성 있었던 귀나르는 아무도 그의 도둑 키스를 본 사람이 없도록 주의했다. 그렇게 셀마와 비밀을 공유했다. 하지만 신비로운 눈빛의 소녀는 그 일을 목격한 사람이 아무도 없다는 것이 그저 운 좋은 우연일 뿐이라고 생각했다. 그녀는 정신을 제대로 다잡고 다시 한 번 주위에 아무도 없는지 확인한 후, 자신이 항상 지니고 다니는 타원형의 거울을 외투 주머니 속에서 꺼내 들었다. 그녀는 거울에 비친 자기 모습으로부터 언제든 구할 수 있는 위안을 찾아보았다. 그럴 때마다 자만이라는 독이 든 잔을 들이키고 있다는 사실은 깨닫지 못했다. 세상에는 가짜 약들이 참 많다.

셀마는 자신의 아름다움이 변치 않았다는 것을 확인했다. 입술을 도둑맞은 후 변한 것은 아무것도 없었다. 어쩌면 그것은 경의의 표시가 아니었을까? 그 방식이 무례했다는 것은 명백하지만 말이다. 귀나르가 다시는 그러지 못하도록 경계하면 될 일이다. 소녀는 단 한순간도 소년의 감정에 대해서는 생각해 보지 않았다. 그녀는 자기 자신에게 신경 쓰느라 너무 바빴다.

귀나르의 열정은 낭만적이지 않았다. 낭만적이라는 단어가 가끔 내포하는 '불건전한'이라는 의미에서 말이다. 그의 사랑은 늘 생기 있었다. 그는 음식을 맛있게 먹었고, 잠도 나무둥치가 된 것처럼 깊게 잤다. 한눈을 팔지도 않았다. 아름다운 셀마를 향한 열정적인 끌림은 그의 관대한 성격을 더욱 부각시켰다. 그는 더 자상하고, 더 유쾌해졌다. 그에게선 빛이 났고, 자신이 가진 행복을 사람들과 기꺼이 나누었다.

이 시기에 귀나르와 셀마 모두 자각하지 못하는 사이 각자의 성격이 뚜렷해지기 시작했다. 셀마가 세워놓은 얼음 감옥의 벽은 점점 더 두꺼워졌고, 귀나르가 발산하는 따뜻한 빛은 셀마를 제외한 모든 사람을 끌어들였다. 사람들은 8월의 태양 아래 뱀들이 바위 위에 또아리를 틀 듯 귀나르에게 모여들었다. 그의 사랑이 커질수록, 그는 모두에게 더 매력적이고 멋져 보였다. 그의 친구들 가운데 이미 셀마를 싫어하던 이들은, 귀나르가 그녀에게 구애했다는 것과 그녀가 그를 거들떠보지도 않았다는 사실이 알려지자 몹시 분노했다. 하지만 사람들은 셀마를 탓하지 않았다. 그녀의 권위와 냉정함이 위압적이었기 때문이다. 귀나르를 탓하는 사람도 없었다. 누구라도 그에게 해를 끼치는 것은 있을 수 없는 일이었다.

귀나르는 청년이 되었고, 셀마는 숙녀가 되었다. 또래 중에는 이미 결혼한 이들도 많았다. 그중 몇몇은 아이도 있었다. 하지만 불과 얼음 같은 이 둘에게는 전혀 신경 쓰이는 일이 아니었고, 그들의 대치는 계속되었다. 귀나르에게는 셀마밖에 보이지 않았고, 셀마는 자기 자신밖에 보이지 않았다.

행복해지길 바란다면, 자신을 지킬 줄 알아야 한다고들 한다. 끈질긴 애정 공세에도 아무런 성과를 거두지 못하는 대부분의 남자들은 낙담하여 등을 돌릴 것이다. 아주 고집 세고 분별력 없거나, 혹은 단순히 너무 깊이 사랑에 빠진 사람들은 번민과 좌절의 나락에 떨어져 그 마음이 시들해질 것이다.

귀나르는 그의 열정의 대상처럼 특이한 존재였다. 그는 그 무엇으로부터든 자신을 지키려는 마음을 먹기에는 스스로가 너무나 강인한 존재였다. 비록 셀마가 그의 마음을 받아주지 않았음에도, 귀나르는 그녀를 사랑한다는 사실 자체만으로 이미 일종의 행복을 느꼈다. 그들의 기이한 관계가 수년간 지속될 수 있었던 것은 바로 그 이유 때문이었다.

셀마는 양치기가 되었다. 그녀에게 아주 잘 맞는 일이었다. 그녀는 언덕 위에 홀로 서서 양들을 지켜보며 자기만의 시간을 가질 수 있었다. 해가 하늘을 가로질러 가는 동안, 그녀는 상점이나 골목길 한 켠에서 들려왔던 대화들을 떠올리며 스스로의 우월함에 대해 확신했다. 사람들은 하나같이 어쩜 그리 깊이도 지성도 없는지. 그녀가 시도만 한다면 충분히 돋보일 수도 있겠지만, 굳이 그들과 비교될 만한 가치가 있을까. 그녀는 손등을 바라보며 구두에서 한쪽 발을 꺼내고는, 타원형의 거울을 이리저리 흔들어 얼굴을 비추었다.

귀나르는 벌목꾼이 되었다. 그는 나무 냄새를 좋아했고, 그의 동료 중에는 어린 시절부터 형제처럼 아끼고 사랑해온 친구들도 있었다. 동료들은 나무를 벨 때, 가지를 칠 때, 운반을 할 때마다 앞다투어 그를 찾았다. 그는 친절하기도 했지만 매우 유능한 일꾼이었기 때문이다. 그의 하루하루는 아주 빠르게 지나갔고, 그 시간들은 갈수록 더 아름다웠다. 그는 일이 끝나자마자 그의 연인을 만나기 위해 언덕 위로 달려갔다.

셀마는 다시는 그가 입술을 훔치지 못하게 하고, 손도 대지 못하게 했다. 청년은 이번에는 그녀가 정말로 화를 낼 것이라는 사실을 알고 있었으므로 그럴 마음을 먹지 않았다. 그는 양치기 소녀의 곁에서 고된 노동을 통해 강인한 신체를 키워갔다. 그의 크고 억센 손은 굳은살로 가득했고 손톱은 모두 깨져 있었다. 그의 어깨는 아주 넓었고, 특히 팔뚝은 도끼, 망치, 쐐기, 톱 등을 다루면서 단련된 근육들로 갈라져 있었다.

그는 셀마에게 멋지게 보이기 위해 논리정연하게 말하기보다는 평소처럼 그의 생각을 있는 그대로 표현하곤 했다. 사람들은 아이들이나 얼간이들만이 큰 소리로 자기 생각을 가감없이 드러낸다고 믿지만, 결코 그렇지 않다. 어떤 아이들은 자신의 생각을 잘 표현할 줄 몰라서, 혹은 기질적으로, 때로는 부득이하게 거짓말을 하기도 한다. 모든 종류의 가식을 피하기 위해 꼭 얼간이가 될 필요는 없다. 귀나르는 솔직하게 행동해 오면서 누구에게도 상처 준 적이 없었다. 단 한 번도 악의를 품거나 적개심을 가져보지 않았기 때문이다. 귀나르는 자연의 경이로움과 나무를 베며 겪는 난관에 대해 고찰하는 가운데 셀마에게 그녀가 얼마나 매력적인지, 그리고 자신이 그녀를 얼마나 사랑하는지를 끊임없이 표현했다.

이렇다 할 변화 없이 여러 해가 지나갔다. 그러나 거대한 시계의 톱니바퀴가 끊임없이 째깍거리며 방증하듯, 변치 않는 것은 아무것도 없다. 볕 좋던 화창한 계절의 어느 아침 갑자기 비가 내리기 시작했고, 지평선에 번개를 수반한 먹구름이 몰려오는 것이 보였다. 셀마는 양들을 들여야겠다고 생각하다 갑작스러운 충동으로 주머니에서 거울을 꺼내 들었다. 이 북쪽 나라에서 비 오는 날의 빛은 특별하다. 그 빛은 보기와 달리 위험할 수도 있지만 말이다. 그녀는 거울에 비친 모습에서 두 개의 주름을 발견했다. 양쪽 콧방울로부터 입 양 끝으로 내려오는 깊게 패인 골이었다. 그녀는 흥분하여 무엇인가 묻은 듯이 얼굴을 문질렀다. 하지만 주름은 없어지지 않았다. 셀마는 혹시 빗방울이 흘러내린 건 아닐까 확인하기 위해 거울을 흔들었다. 그러다 오른쪽 관자놀이 위쪽에서 새치를 발견했다. 그것은 새하얗고, 다른 머리카락보다 빳빳했다. 냉큼 뽑아 들고 살펴본 순간 그녀는 확신이라는 끔찍한 돌부리에 채여 비틀거렸다. 셀마는 가슴에 손을 얹었다.

셀마는 본능적으로 집 안에 틀어박혔다. 거울을 보고 싶은 욕구에 휩

싸였으나, 현명하게 그 욕구를 억눌렀다.

그녀는 재생이라도 될 것처럼 두 손으로 얼굴을 받쳤다.

– 그래도 아직 내겐 지성이 남아 있잖아.

혼잣말을 해보았으나 그 생각에 이내 혐오감을 느꼈다.

– 꽃이 다 떨어진 나무가 잎이 있다고 기뻐하는 것 같네.

꽃이 지고 열매가 맺는다는 사실은 그녀의 뇌리에 떠오르지 않았다. 그간 그려온 자신의 완벽한 모습에 오점이 생겼다는 생각은 그녀를 공포와 증오로 반쯤 미쳐버리게 만들었다. 그녀는 좌절하기 시작했다. 이제부터 남들과 다를 게 없어진다는 사실이 가장 견딜 수 없었다. 완벽하지 못한 사람이 된다는 것. 날이 밝으면 한순간에 혐오스러운 적으로 바뀌어버린 거울 속에서 얼마나 많은 새치와 주름을 보게 될까? 그녀는 화장대 위에 놓여 있던 거울을 집어 들어 벽으로 던져버렸고, 그것은 투명한 저항 속에서 산산조각 났다.

천둥이 잠잠해진 후, 셀마는 아주 신경 써서 옷을 입었다. 양 떼를 우리에 안전하게 넣어놓고, 귀나르가 일하고 있는 숲속으로 뛰어갔다. 그녀는 마치 추격당하는 짐승같이 조급하게 달음박질했다. 그녀의 드레스 밑자락, 종아리와 구두 모두 높이 자란 잔디에 젖어버렸다. 핏빛으로 붉게 피어난 커다란 작약 꽃들이 짓뭉개지는 줄도 모른 채 그녀는 정신없이 초원 위를 달렸다.

폭풍우가 그친 지 꽤 되었음에도, 벌목꾼 무리의 작업 소리가 들리지 않았다. 도끼질 소리도, 톱의 선율도 들리지 않았다. 그들은 거기 없는 것일까? 셀마는 자문하며 큰 손을 가진 창백한 소년의 짙은 눈속에서 자신이 늘 보던 것을 다시 찾기를 애타게 갈망했다. 다행히 벌목꾼들은 거기 있었다. 그들은 광활한 빈터에서 마무리 작업을 하는 중이었다. 폭우가 내린 후의 절대적인 정적이 숲을 감쌌다. 뻐꾸기 소리만이 들려오기 시작했다.

❁

차갑고 말수 적은 셀마가 무시무시한 괴성을 질렀다. 이에 거대한 통나무에 짓눌린 귀나르를 둘러싸고 있던 아홉 명의 벌목꾼들이 한발 물러섰다.

셀마는 달려들어 무릎을 꿇었다. 흑발을 가진 그녀의 구혼자는 아직 숨을 쉬고 있었다. 자신을 향해 몸을 기울인 셀마를 보고 반쯤 감겨 있던 그의 눈이 커졌다.

– 내 사랑.

그녀가 말했다. 셀마의 입에서 이토록 자연스럽게 말이 흘러나온 것은 수년 전 귀나르와 그녀의 유일한 입맞춤 이후 처음이었다.

그는 대답을 하고 싶었으나, 비늘 같은 수피로 뒤덮인 거대한 나무에 깔려 아무 말도 할 수가 없었다. 육체의 고통과 감격의 마음이 뒤섞인 그의 가슴 아픈 눈빛은 푸른 눈의 셀마를 마침내 각성시켰다.

그녀는 긴 목을 숙여 부상을 입은 귀나르의 입술에 자신의 입술을 포개어 그가 그토록 기다려 온 입맞춤을 했다. 그리고 숙였던 몸을 세웠을 때, 그녀는 귀나르의 죽음을 목도했다. 벌목꾼 무리의 견습공 청년이 울부짖었다.

– 이건 제 잘못이에요! 제가 마지막 도끼질을 잘못해서 나무가 돌아가는 바람에 아무 데로나 떨어졌어요! 제 탓이라구요!

셀마에게는 더 이상 아무것도 들리지 않았다. 그녀는 아직 고통으로 축축이 젖어 있는, 아무런 움직임도 없는 망자의 눈을 하염없이 바라보았다.

사람들이 셀마를 일으켜 세워주려 했지만, 그녀는 도움을 거절했다. 깔려 있는 귀나르의 시신 곁에서 넋을 놓고 해 질 녘까지 앉아 있었다. 마침내 사람들이 귀나르의 몸을 옮기기로 하자 셀마가 자리에서 일어섰고, 마치 나이 지긋한 할머니처럼 관절에서 우두둑 소리가 나며 온몸이 욱신거렸다. 그녀는 벌목꾼들을 찾으러 왔던 길을 되돌아가기 시작했다. 그러나 도중에 아무도 밟지 않은 붉은 작약들 위로 쓰러지고 말았다. 셀마는 울음을 터뜨렸다. 흐느끼고 신음하며 서럽게 울었다. 눈이 붓는 것도 신경 쓰지 않은 채, 콧물이 흐르도록 울었다. 그녀는 결국 스스로의 삶이 꺼질 때까지 울었다. 한낱 촛불처럼.

a.
b.

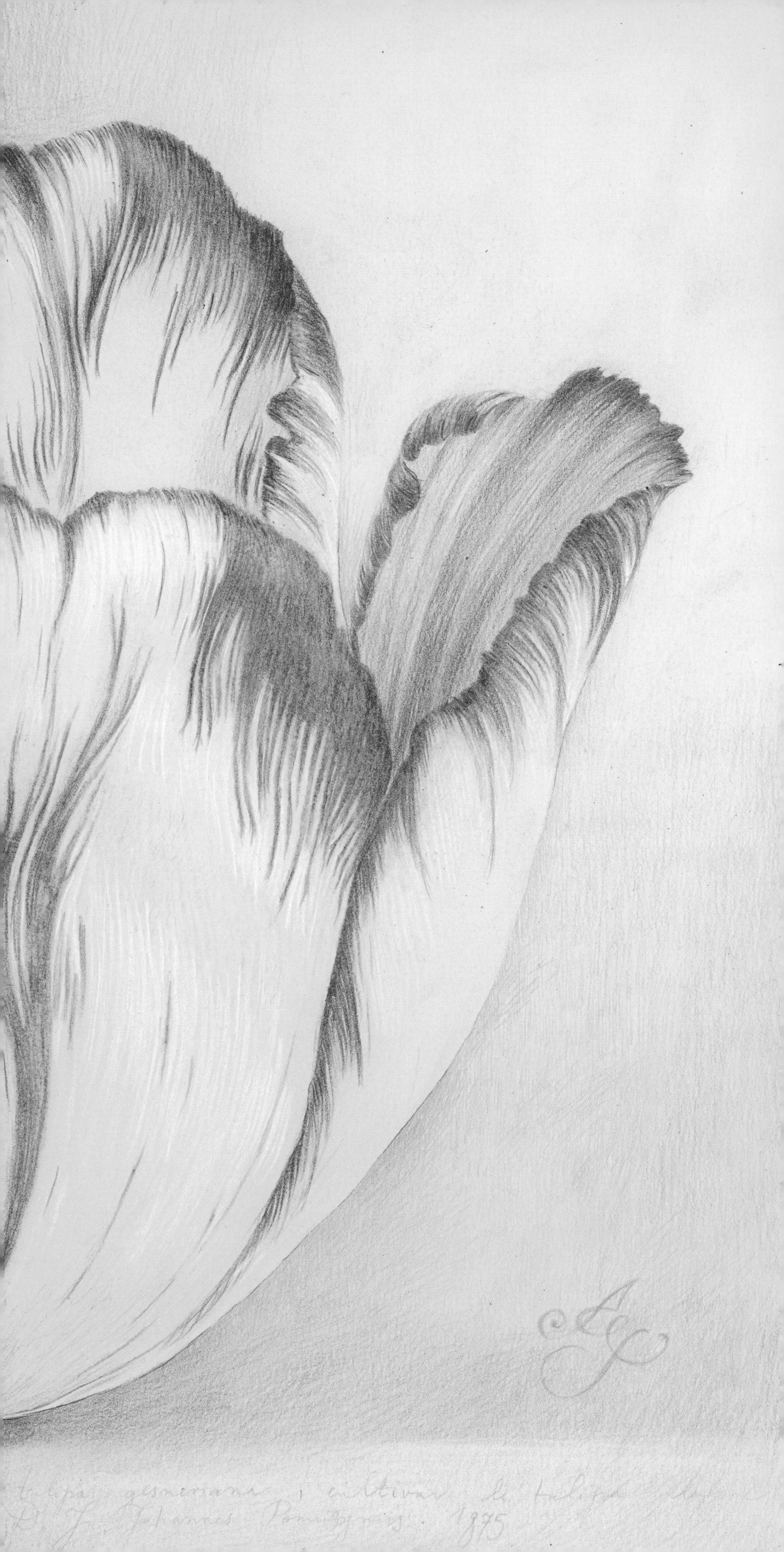
tulipa gesneriana, cultivar
Johannes
1875

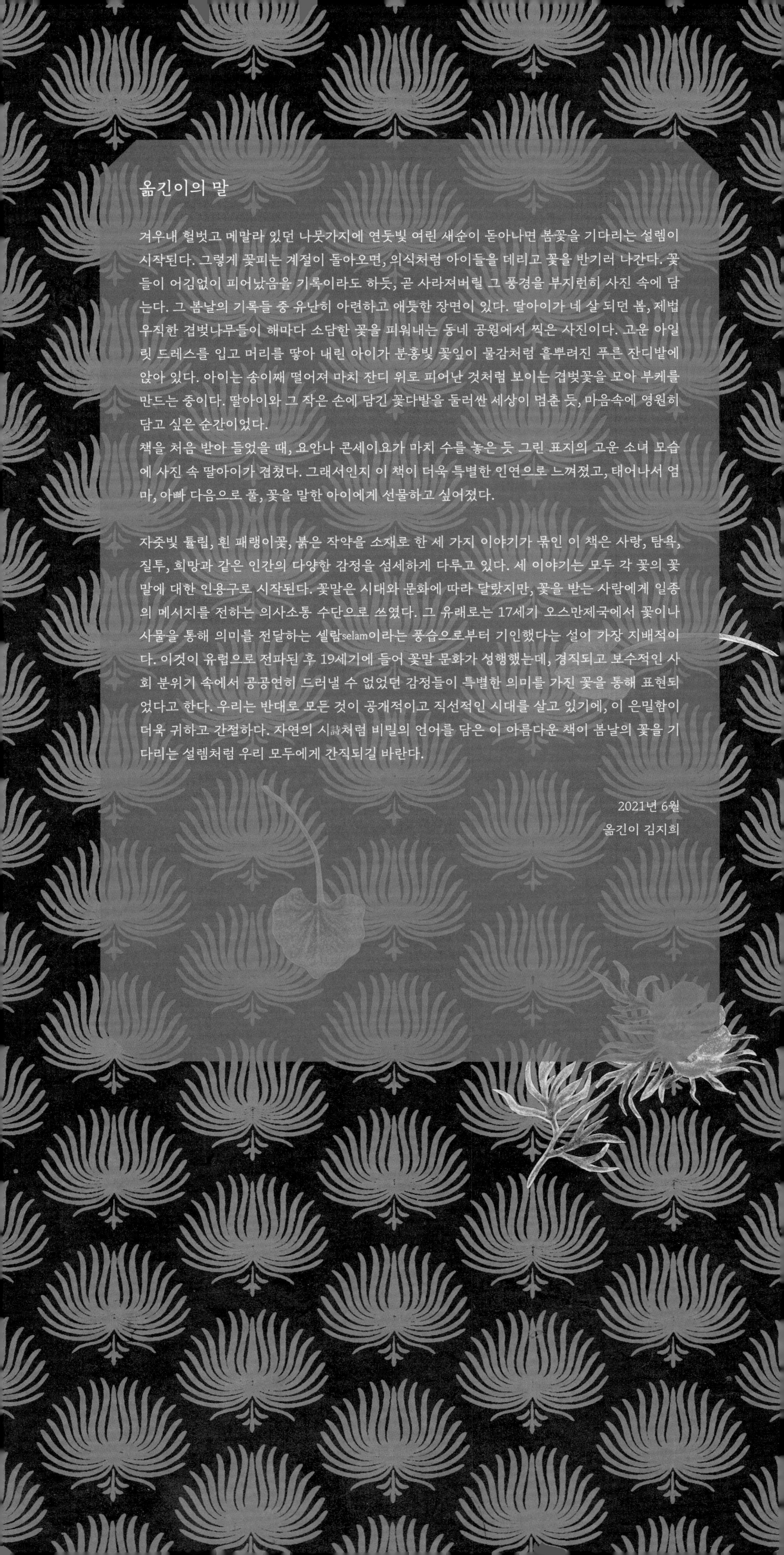

옮긴이의 말

겨우내 헐벗고 메말라 있던 나뭇가지에 연둣빛 여린 새순이 돋아나면 봄꽃을 기다리는 설렘이 시작된다. 그렇게 꽃피는 계절이 돌아오면, 의식처럼 아이들을 데리고 꽃을 반기러 나간다. 꽃들이 어김없이 피어났음을 기록이라도 하듯, 곧 사라져버릴 그 풍경을 부지런히 사진 속에 담는다. 그 봄날의 기록들 중 유난히 아련하고 애틋한 장면이 있다. 딸아이가 네 살 되던 봄, 제법 우직한 겹벚나무들이 해마다 소담한 꽃을 피워내는 동네 공원에서 찍은 사진이다. 고운 아일릿 드레스를 입고 머리를 땋아 내린 아이가 분홍빛 꽃잎이 물감처럼 흩뿌려진 푸른 잔디밭에 앉아 있다. 아이는 송이째 떨어져 마치 잔디 위로 피어난 것처럼 보이는 겹벚꽃을 모아 부케를 만드는 중이다. 딸아이와 그 작은 손에 담긴 꽃다발을 둘러싼 세상이 멈춘 듯, 마음속에 영원히 담고 싶은 순간이었다.
책을 처음 받아 들었을 때, 요안나 콘세이요가 마치 수를 놓은 듯 그린 표지의 고운 소녀 모습에 사진 속 딸아이가 겹쳤다. 그래서인지 이 책이 더욱 특별한 인연으로 느껴졌고, 태어나서 엄마, 아빠 다음으로 풀, 꽃을 말한 아이에게 선물하고 싶어졌다.

자줏빛 튤립, 흰 패랭이꽃, 붉은 작약을 소재로 한 세 가지 이야기가 묶인 이 책은 사랑, 탐욕, 질투, 희망과 같은 인간의 다양한 감정을 섬세하게 다루고 있다. 세 이야기는 모두 각 꽃의 꽃말에 대한 인용구로 시작된다. 꽃말은 시대와 문화에 따라 달랐지만, 꽃을 받는 사람에게 일종의 메시지를 전하는 의사소통 수단으로 쓰였다. 그 유래로는 17세기 오스만제국에서 꽃이나 사물을 통해 의미를 전달하는 셀람selam이라는 풍습으로부터 기인했다는 설이 가장 지배적이다. 이것이 유럽으로 전파된 후 19세기에 들어 꽃말 문화가 성행했는데, 경직되고 보수적인 사회 분위기 속에서 공공연히 드러낼 수 없었던 감정들이 특별한 의미를 가진 꽃을 통해 표현되었다고 한다. 우리는 반대로 모든 것이 공개적이고 직선적인 시대를 살고 있기에, 이 은밀함이 더욱 귀하고 간절하다. 자연의 시詩처럼 비밀의 언어를 담은 이 아름다운 책이 봄날의 꽃을 기다리는 설렘처럼 우리 모두에게 간직되길 바란다.

2021년 6월

옮긴이 김지희